Edition originale rare
tirée seulement à
11 ex. sur
Japon, nominatifs
(Voir justification)

Ex N° 11 (de Jean Ajalbert)
avec envoi autographe.

EN JOURNÉE

ROBERT CAZE

—

EN JOURNÉE

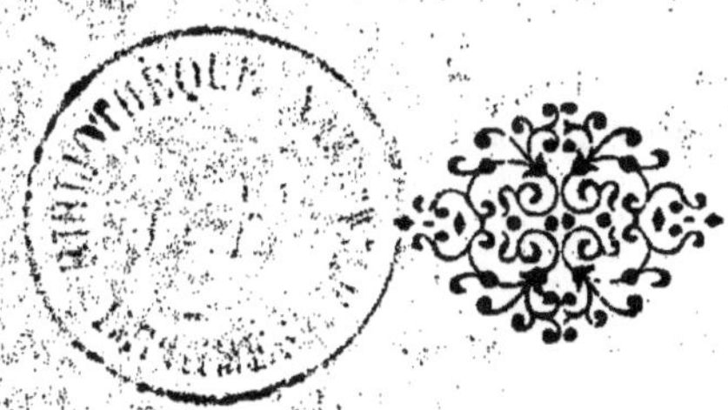

PARIS

MDCCCLXXXV

Il n'a été tiré de cette plaquette que onze exemplaires numérotés à la presse et imprimés sur papier du Japon.

Lesdits exemplaires signés par l'auteur ont été uniquement destinés et remis à MM. S. H. Berthoud, Edmond de Goncourt, J. K. Hüysmans, Gabriel Thyébaut, Léon Hennique, Victor Stock, Léo Trézenik, Georges Rall et Jean Ajalbert.

L'auteur s'est réservé les exemplaires 10 et 11.

N° 9

Pour Jean Ajalbert
poète moderne

Robert Caze

A LÉO TRÉZENIK
Maître Imprimeur et Homme de Lettres

Mon cher Ami,

Voici une courte nouvelle que j'avais écrite pour un journal, l'an dernier. En relisant cette étude sans prétention, je crus m'apercevoir qu'il fallait la pousser, la fouiller davantage. Le journal en question inséra un article politique qui fit grand effet parmi les gens de Bourse et se passa fort aisément du portrait d'ouvrière ébauché par votre camarade soussigné. Néanmoins, je songeais toujours à mon étude de vieille fille du peuple. J'y pensai si bien et si constamment qne l'esquisse intitulée : En Journée est devenue une œuvre en sept tableautins qui s'appelle la Semaine d'Ursule.

Permettez moi de vous offrir En Journée. C'est moins que rien, assurément. Mais vous m'avez toujours témoigné une si vive amitié littéraire que je vous prie d'accepter ce tout petit souvenir, en attendant mieux.

Bien votre

ROBERT CAZE

EN JOURNÉE

Tous les matins, vers sept heures, Mlle Adélaïde Courtois descend la rue Lepic où elle habite depuis vingt-cinq ans. Hiver comme été, elle trottine humble et discrète sur le trottoir, échange un petit salut avec la crémière et se gare des seaux d'eau que lance le garçon boucher occupé à faire la toilette des marbres sur lesquels il étale, un moment après, des viandes piquées d'une étiquette en zinc vernissé.

Les êtres et les choses de la rue Lepic sont devenus familiers à Mlle Adélaïde. Elle sait par cœur ce que contient le magasin du marchand de meubles. Elle pourrait dresser l'inventaire du chemisier-mercier qui exhibe des complets en coutil bleu, des paquets de chemises à raies violettes et blanches, des cottes indigo foncé et des peignoirs d'Oxford. Plus bas, près du boulevard, un chapelier au rabais offre aux convoitises élégantes des gibus doublés de satin rose, des melons à petits bords, des hauts de forme à la mode de l'année précédente. Et, de l'autre côté de la rue, pendant l'été, le serin de la marchande de *frites*, piaille à plein gosier dans une cage où se flétrit du mouron, au-dessus de la poêle pleine de graisse douteuse qui commence à grésiller.

Mlle Adélaïde passe inaperçue au milieu du public matinal : ouvriers et petits employés se rendant au travail journalier. Personne ne fait attention à la vieille fille. Elle tient si peu de place, du reste! Elle est si peu extraordinaire avec sa pauvre robe de cachemire noir, son châle en laine gris de fer, son chapeau sombre garni d'une touffe de bluets décolorés.

Elle même ne flâne pas. Très vite elle se rend chez ses clientes. Elle en a une, une seule, par jour. Ce sont des contemporaines à elle, des toutes vieilles dames chez lesquelles elle coud depuis plus d'un quart de siècle.

Mme Malitourne, une rentière de l'avenue

Trudaine; Mme Ganderoin, la femme d'un
peintre perclus de rhumatismes et à tout
jamais cloué dans un fauteuil devant des toiles
ébauchées depuis vingt ans; Mme Brunschwig
une israélite pratiquante de la rue Blanche;
Mme Clairet, une veuve demeurant place
Moncey et deux ou trois autres.

Mlle Adélaïde convient tout spécialement à
cette clientèle dont elle a les habitudes, l'âge
et presque le tempérament. Ces dames la
voient arriver sans grand plaisir apparent.
Mais, si elle leur manquait un jour, il y aurait,
pendant vingt-quatre heures, un gros vide
dans leur existence. Et réciproquement,
quand l'une des clientes donne congé à
Mme Adélaïde une fois par hasard, la pauvre
fille est toute contrite. Elle est, par exemple,
très malheureuse au moment de la Pâque

juive, durant ces fêtes elle ne peut travailler chez Mme Brunschwig qui la paie néanmoins. Mais rien ne pèse sur Mlle Courtois autant que la solitude.

Mince laheur que le sien. Autrefois, il y a quinze ou vingt ans, c'était une maîtresse couturière. Nulle ne savait mieux qu'elle copier les modèles des grands faiseurs. Grâce à elle moyennant cinquante sous par jour, ces dames avaient l'air d'être habillées par Aurelly ou Kerteux. C'était à s'y méprendre. Sans compter que Mlle Courtois avait du goût, un goût très sûr, très personnel. Il lui suffisait d'ajouter un pli à la soie, de disposer originalement un ruché et ces dames recevaient, dans le monde. force compliments sur leur merveilleuse toilette. Avec cela, pas fière pour deux sous, Mlle Adélaïde rafistolait, rajeunissait les costumes démodés. Au besoin, elle confectionnait le vêtement d'enfant, tail=lait une blouse de moutard dans une redin-gote paternelle, une robe de gamine dans un burnous de mère. Ses petits doigts de fée, des doigts maigres où l'aiguille avait laissé des morsures noires, allaient, allaient dans l'étoffe.

Aujourd'hui la main ridée de Mlle Adélaïde tremblotte. Les doigts moins sûrs et moins lestes ont toutes les peines du monde à passer le fil dans le chas de l'aiguille. Les yeux dis-tinguent mal les joints de l'étoffe. A l'intérieur du corps de la petite vieille, l'estomac est tiraillé par des crampes. Enfin, après les repas, Mlle Adélaïde somnole légèrement sur l'ouvrage.

A la longue, ces dames se sont aperçues de tout cela. Mais à part Mme Bélin, une exigeante, femme d'un sous-chef au ministère des finances, toutes ont conservé Mlle Courtois. Elles ont besoin d'échanger avec elle, une fois par semaine, une série de petits papottages, de confidences très anciennes déjà, très rebattues, sans incident, sans imprévu. Elles regardent peu ou point au travail. Il leur suffit de parlotter de vieilles choses toujours neuves pour elles, Mlle Adélaïde est de leur maison depuis si longtemps! depuis si longtemps aussi, elle a su les écouter avec une si grande déférence, rester si bien à sa place, ne pas hasarder un mot superflu, exhaler un soupir ou esquisser un sourire selon les circonstances, être toujours, toujours du même avis que « Madame, » Et quelle discrétion! Pas un cancan, pas un commérage. Mlle Adélaïde n'a jamais raconté chez l'une de ses clientes ce qui se dit chez les autres.

Elle connaît pourtant bien des aventures. Tous les mercredis, par exemple, Mme Bruschwig revient en détail devant la couturière sur la faillite que fit M. Brunschwig en 1856.

— Vous vous souvenez, n'est-ce pas, Adélaïde ?

— Certainement, Madame.

— Oui, Monsieur s'était bêtement fourré, pendant la guerre de Crimée, dans une affaire de fourniture de draps militaires. Il n'avait pris aucune précaution, aucune.. Et pourtant Dieu sait si je l'avais averti. Ce qui devait arriver est arrivé. Vous étiez chez nous, je crois, qnand l'huissier est venu.

— Oui, Madame, c'est même moi qui lui a ouvert la porte.

— Eh bien! sans moi. M. Brunschwig était déshonoré, ruiné. Oh! je me suis remuée. J'en ai fait de ces pas et de ces démarches. Vous comprenez quand on a des enfants.

Tandis que Mlle Courtois pousse un soupir, Mme Brunschwig continue, se vante d'avoir obtenu toute seule le concordat du failli et rétabli l'honneur de la maison.

Chaque vendredi, Mme Ganderoin pousse une autre note devant la couturière. Elle se plaint presque tout haut du peintre paralytique. C'est la mauvaise conduite qui a rendu son mari impotent. S'il avait eu de l'ordre, s'il était resté dans son ménage au lieu de courailler à droite et à gauche, est-ce qu'il en serait là? N'aurait-il pas hérité de la gloire d'Horace Vernet, son maître? Ah! il y avait décidément des hommes bien peu raisonnables!

Autre chanson, tous les lundis, chez Mme Malitourne. La vielle dame égrène devant la couturière toute une litanie de noms masculins.

— Vous n'avez pas oublié M. de Bayeulis, n'est-ce pas Adélaïde?

— Non, Madame, c'était un officier très blond qui a été tué en Chine.

— C'est cela. Quel galant homme! Et M. Vignères, vous savez ce petit attaché d'ambassade qui chantait si bien l'*Étudiant* et l'*Étudiante*. Il y avait aussi M. Loustalet, un toulousain, qui était si jaloux de ce bon Raymond de Martignies. Ah! quels hommes, ma chère!

Discrètement Mlle Adélaïde approuve d'un signe de tête.

La semaine se passe ainsi. Toutes ces dames s'épanchent dans le sein ratatiné d'Adélaïde. Toutes exhalent leurs peines. Aucune ne s'inquiète de savoir si la pauvre fille a connu la douleur, elle aussi.

Le dimanche seulement, Mlle Adélaïde demeure isolée dans sa petite chambre de la rue Lepic. Elle passe des journées entières devant sa fenêtre, l'œil fixé sur un coin du cimetière Montmartre aperçu là bas. Elle songe mélancoliquement à sa jeunesse lointaine, perdue bêtement, à des amours sans conclusion ébauchées jadis avec un garçon épicier de la Chapelle, aux propos déshonnêtes murmurés à son oreille, un soir de mai 1853, par un Monsieur chauve qu'elle

avait éconduit, à l'enterrement de sa mère, à
la lecture de romans-feuilletons commencés et
inachevés, à toutes les déceptions de la vie
laborieuse, plate, dépourvue d'intérêt et
d'émotions.

Achevé d'imprimer

SUR LES PRESSES DE « LUTÈCE »

Le deux mars mil huit cent quatre-vingt-cinq

POUR

ROBERT CAZE

PAR

LÉO TRÉZENIK, IMPRIMEUR

16, boulevard St-Germain

PARIS

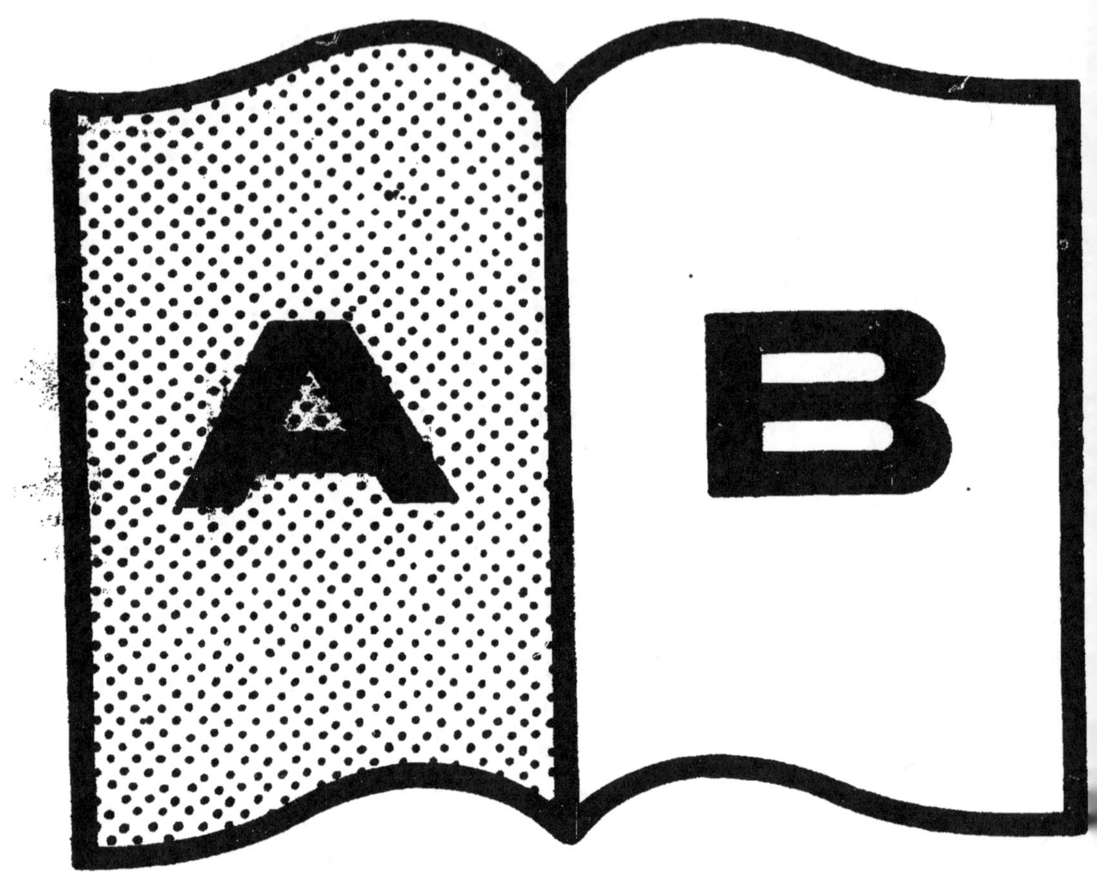

Contraste insuffisant

NF Z 43-120-14